U0082882

好
好舞

廖
之韻

作　者

廖
之韻

廖之韻，作家、詩人、肚皮舞孃。
春夏交替時節誕生的雙子座，對世界多有好奇。
臺大心理學系、公共衛生學系雙學士。
得過一些文學獎和國藝會補助。
曾任雜誌、圖書出版主編，目前爲奇異果文創總編輯。

著有：

現代詩

《持續初戀直到水星逆轉》、《以美人之名》。

散文

《快樂，自信，做妖精——我從肚皮舞改變的人生》、
《我吃了一座城——反芻臺北》。

小說

《裸 · 色》、《備忘》。

目錄

目錄

玖

群散

拾

練習

推薦序

顏艾琳｜詩人

之韻用身體表現了女性肉體的豔麗姿態；
用靈動的文字表現了詩的美好曲線。
她寫出了臺灣詩壇不曾有過的內外舞姿，
撩人且動人，
請這位美麗的女子，
繼續好好地舞動下去。

許悔之｜詩人、有鹿文化總經理

日暮江湖欲何之？詩有肉身舞成韻！
恭喜之韻出詩集，詩乃靈魂舞踏之幸福。

林禹瑄｜詩人

舞臺即人生，
生活即舞。
穿過燈明燈滅、人聚人散，
之韻藉由書寫那些纖細而狂熱的片段，
綻放出身爲女子最美好的姿態。

林德俊

｜小熊老師｜熊與貓咖啡書房主人、臺灣藝術大學講師

之韻的詩是臺灣新唯美派的代表，

浪漫且熱情，

這回她裙襬搖搖舞進了詩，

獻上肢體和文字的雙重魅力，

完整接合兩種藝術語言系統，

堪稱顛峰之作。

每個女子都是自己生命中的舞孃，

妳如何以詩人之眼觀想自己的千姿萬態？

打開這本詩集，

看女孩和女人們好好舞，

嫵媚地扮演自己。

舞好好——我讀廖之韻的《好好舞》

舞

唐朝最重要的詩人杜甫（712-770），曾經在他六歲那年（玄宗開元三年，717）在郾城見過公孫大娘跳《劍器》和《渾脫》舞，即俗稱劍舞，留下深刻印象。

五十年後，唐代宗大曆二年（767），五十六歲的他又在川東夔州（今重慶奉節）目睹公孫大娘的弟子李十二娘舞劍器，這兩場劍舞相距五十年，相差兩代，舞技不遜，但繁華蕭條已異，讓杜甫升起這樣的感觸：「當年玄宗皇帝的侍女八千人，公孫大娘的劍器舞姿數第一，五十年光陰容易過就像翻了一下手掌，連年戰亂風塵滾滾昏了王室。玄宗梨園子弟消散如雲煙，只餘李十二娘的舞姿掩映寒日。金粟山前玄宗墓木已經雙手可以合拱，瞿塘峽白帝城一帶秋草蕭瑟。繁華的玳筵、匆急的管弦又已終了，樂極哀來明月靜靜東出。我這老夫不知何所往，長滿繭的腳在荒山裡越轉越愁，越愁越疾。」杜甫升起這些感慨，實在是因為政局昏暗快，世事變遷太大。這是他寫的〈觀公孫大娘弟子舞劍器行（並序）〉詩的後半段，我以接近白話、不變韻腳的方式重寫一遍，可以感受到「一、室、日、瑟、出、疾」入聲字的慌急無所措。

蕭蕭｜詩人、明道大學人文學院院長

不過，一般人欣賞〈觀公孫大娘弟子舞劍器行〉，大多欣賞詩的前半段，寫劍與舞的演藝之美，寫劍光霍霍有如想像中后羿射落九日，寫舞姿矯健彷彿天帝駕著神龍飛翔，寫劍勢凌厲就像現實裡雷霆威猛讓人震懾，寫劍收舞停又似長江大海上泛著瀲灩清光，這樣的意象奔馳令人神迷，這一段押的韻全是「方、昂、翔、光、芳、揚、傷」的江陽韻，適合穿戎裝、舞長劍這種迅疾光燦之美。

昔有佳人公孫氏，一舞劍器動四方。
觀者如山色沮喪，天地為之久低昂。
霍如羿射九日落，矯如群帝驂龍翔。
來如雷霆收震怒，罷如江海凝清光。
絳唇珠袖兩寂寞，晚有弟子傳芬芳。
臨潁美人在白帝，妙舞此曲神揚揚。
與余問答既有以，感時撫事增惋傷。

其實，除了欣賞公孫大娘弟子舞劍器時的英姿，很多人也欣賞〈觀公孫大娘弟子舞劍器行（並序）〉裡的詩前序文，序文中最常被提及的是這一小段：「昔者吳人張旭，善草書帖，數常於鄴縣見公孫大娘舞西河劍器，

自此草書長進，豪蕩感激，即公孫可知矣。」張旭，字伯高，約658-747間人，唐朝中期的知名書法家，出生於吳郡吳縣（今江蘇省蘇州市），杜甫將他列爲「飲中八仙」之一，被人尊之爲「草聖」、「張顛」，與懷素（725-785）有「顛張醉素」的稱號，所寫草書被稱爲「狂草」，傳世的作品包括〈肚痛帖〉，可見杜甫的說法頗有實據，那種「放」的書法精神，「顛、醉」的豪邁激揚，放蕩不羈，可能來自跨界觀賞公孫大娘弟子舞劍器的靈感激發，公孫大娘弟子舞劍器，杜甫寫出了〈劍器行〉，張旭揮灑出他的狂草，甚至於當代「雲門舞集」觀摩狂草書法，舞出〈狂草〉（2005年11月19日台北國家戲劇院首演），都是跨界激盪的藝術成就。

除了公孫大娘弟子舞劍器影響了張旭的書法，跨界激盪的藝術成就還包括裴旻的舞劍也影響了吳道子（約680-759）的繪畫。公孫大娘是唐代擅長劍擊之術的「舞者」，常出入於宮廷、民間獻舞，一舞劍器動四方，天地爲之久低昂。但眞正擅長劍擊之術的「武者」，卻是裴旻將軍，裴旻是唐朝開元年間人士，相傳李白曾跟他學劍，顏眞卿有〈贈裴將軍〉詩，前四聯說：「大君制六合，猛將清九垓。戰馬若龍虎，騰陵何壯哉。將軍臨八荒，烜赫耀英材。劍舞若遊電，隨風縈且回。」其中「劍舞若遊電，隨風縈且回」的句子，類近於杜甫對公孫大娘師徒的歌頌，尤其是「劍，隨風縈且回」，據說是有所本的，相傳裴旻在洛陽時邀請吳道子作畫，吳道子久無靈感，請裴旻舞劍作氣以助揮毫，最神的地方是裴旻將劍擲向空中，疾如遊電墜下，裴旻卻能以劍鞘接住「隨風縈且回」的長劍，因而激發了吳道子作畫的靈感。唐文宗（李昂，809-840）因此稱詩仙李白、草聖張旭、劍聖裴旻爲「三絕」，有趣的是，草聖、劍聖都曾因爲觀賞劍舞而有所悟得，詩聖杜甫、顏眞卿也因爲劍舞，跨界思考而寫下好詩。

這一切，都因爲——舞。

舞．好

舞者與詩人都是以美好的心靈去看待事物或事務，將許多事物轉換爲美好的資材或姿勢。

所以，我在想，六歲看過公孫大娘跳《劍器》和《渾脫》舞的杜甫，當時會不會遺憾自己還不能駕馭文字去表達心中的激動？五十六歲的杜甫再度看到的卻是公孫大娘第二代李十二娘舞劍器，會不會遺憾自己沒能像李白那樣習劍、仗劍，行江、走湖？會不會遺憾六歲那年沒隨著公孫大娘習舞，像張旭那樣從舞中獲得詩的靈感，甚至於從親自舞動身姿體會文字的韻律？從劍舞的力勁感悟現實主義的詩要掌握多少力勁最能服人？會不會遺憾五十六歲的老骨頭已經舞不動春風，更遑論羿射九日，帝驂龍翔？

杜甫，顯然是想著「舞」。

同一個時候，公孫大娘是不是帶著李十二娘想著「詩」。能「歌」，所以善「舞」。能「詩」，是不是更可以善「舞」？公孫大娘們（包括雲門舞集們），是不是心中有著相同的遺憾，如果能「詩」，是不是更可以善「舞」？

後代的杜甫們、張旭們，是不是一起想著：能「舞」，多好！

·舞好好·

現代詩人群中，唯廖之韻（1976-）早早見識到這點：爲什麼我不可以同時是杜甫、又是公孫大娘，我以我的身體舞我的舞，我以我的詩寫我的舞！

2004年廖之韻出版首本詩集《以美人之名》（寶瓶文化，2004），那時她是美人、是詩精靈，文字輕靈、活潑，不沾染一絲俗氣，不論眼眸之間的情愛流轉，或者細膩意象的捕捉，廖之韻輕盈得讓人不以爲意。但是2011

年廖之韻出版第二部詩集《持續初戀直到水星逆轉》（聯合文學，2011），這時的作者介紹是：「作家、詩人、肚皮舞孃，冷熱並存的雙子座B型人。」同年同時出版散文集《快樂，自信，做妖精：我從肚皮舞改變的人生》（有鹿文化，2011），作者坦言自己是：「從靜態的寫作者到動態的舞孃，從坐在電腦前到跨入舞蹈教室，從眼睛疲勞到兩腿發痠——回想起從『文藝組』轉到『體育組』的心路歷程，不禁會心一笑。不同的體驗，宛如用五彩線來織錦，上下交錯卻不衝突，也許可以把慾望、身體與身分的關係，以及視線統統編織進去。」從中東、埃及來的「肚皮舞孃」印象從此必需加疊在詩精靈的美人身上。

「給自己一個可能。去跳一支舞，去做一件事，去摸摸發熱的身體，去愛——不管你是熟女姊姊或年輕妹妹。一念，一動，生命如此不同。」這是廖之韻的新宣示。

四年後的夏天，廖之韻推出了杜甫與公孫大娘合身的《好好舞》，是觀者、舞者、詩者三合一的作品，是她從肚皮舞改變人生的詩路歷程、詩境傳導。我以表列的方式，將廖之韻《好好舞》與杜甫〈觀公孫大娘弟子舞劍器行〉作了一個對照，一目了然其中的異同。

詩題	〈觀公孫大娘弟子舞劍器行〉	《好好舞》
作者	唐・杜甫（712-770）	當代・廖之韻（1976- ）
身分	詩人（觀舞）	詩人兼舞者
性別	男性詩人觀女性舞者舞劍器	女性詩人肚皮舞孃自我反思
文類	古體詩	現代詩
篇幅	單首（26句，並序）	組詩（分十節，共50首）
內容	前七聯觀舞，後六聯感懷	五節上臺前，五節下臺後
舞式	劍舞	肚皮舞
觀舞	霍燁矯健	婀娜多姿
心境	傷懷多於美感享受	耽美多於心境分享
影響	詩、舞、劍、書法	詩、舞、美

《好好舞》是ㄏㄠˇ ㄏㄠ舞

《好好舞》是一本有機書，有著完美的設計，全書共分十節，每節固定五首詩，但每首詩的寫作技巧各有不同的表現。十節依序是：群聚／練習／後臺／彩排／幕起／前臺／幕落／後臺／群散／練習。單單從最前兩節、最後兩節，可以看到：不論是群聚、群散，都是練習、練習、練習，不斷的練習，詩與舞，無非是累積十年功，展現上臺那幾分鐘，《好好舞》意味著「ㄏㄠˇㄏㄠ舞」。

〈臀的抖、甩、搖〉

生存的不同方法

無所謂對錯猥褻或優雅

依循本能而生

控制地

釋放

流蘇搖晃著女子的祕密

鼓動的

第一堂課

世界從此練習

共振

相愛的頻率

這本詩集甚至於可以當作舞技手冊，教你肚皮舞的臀如何抖、甩、搖，教你如何模仿駱駝、應用流蘇，但是如果僅止於舞技教學，那她就不是人文詩集，所以，在〈臀的抖、甩、搖〉教學練習中，所謂「依循本能而生

／控制地／釋放」是術的傳授，何嘗不是生存的哲理認知？「練習／共振／相愛的頻率」何嘗不是生存的智慧？

《好好舞》是ㄏㄠˊㄏㄠˇ舞

《好好舞》既然可以是舞技教學，彷彿焦桐的《完全壯陽手冊》揭示廚藝功夫，所以《好好舞》可以發音爲「**ㄏㄠˊㄏㄠˇ**舞」，就像在告訴同行的朋友，人生的一切不是「**ㄏㄠˊㄏㄠˇ**玩」嗎？肚皮舞難嗎？「**ㄏㄠˊㄏㄠˇ**舞」喔，很好舞呀！這是對新興事物好奇的人最好的心理建設。

這種心理建設還可以有不同的方式練習，試看〈胸部練習〉，第一段說的是各種不同的女性乳房，本然或人工，功能或情色，自戀或眷戀：「身體的／自然而然的／之後慢慢長大或加工的／某種生物學上分類的／嬰孩戀戀的／束緊了又渴望放鬆的／在意大小的／誘惑指標的／敏感的／衆人目光的／限制級袒露的／局部流行的」。第二段是乳房的意象設計，美好的舞姿聯想：「宛如細雨在午後／小小的花兒飛舞天空／女子甩動胸前流蘇／順時針或逆時針／世界圈在懷中／用某種狂放的姿態／跟著移動目光／交會處傳來風鈴草的歌／跟著節拍抖落瑣碎的日常／用某種美麗的勾引／交換一整個春天」。最後則是乳房與新生命的連結，乳房與愛的連結，被歌頌的：「溫暖的／獨一無二的／驕傲的／豢養生命的／女子俯身親吻大地／愛著的，被愛的」。

〈胸部練習〉是肚皮舞的胸部練習，也是寫詩者的乳房造句練習、意象創造、思理推展。詩與舞，在這首詩中相互連結，互為因果，舞的方法論交疊著詩的方法、美的技巧。

《好好舞》就是「ㄏㄠˊ ㄏㄠˇ舞」，有著「盍興乎來」的召喚力。

《好好舞》是女子 ㄏㄠˋ 舞

或者，《好好舞》只是「女子 ㄏㄠˋ 舞」而已，一個愛好跳舞的女子的抒情書寫、心靈療癒，無關乎國計民生，沒有杜甫國是蜩螗的慨歎；一個浪漫者的寫實主義作品，一個族群聚落的斷代性描述，在長久苦悶後「練習一種換氣的方式、練習一種放鬆的方式、練習一種用力的方式、練習一種律動的方式、練習一種身體的方式」，回到最初的、單純的、作為女子的方式（〈女子好舞〉）。

生命，不過是詩或舞的原始，詩或舞的單純。

2015年芒種　寫於明道大學蠡澤湖

抖落憂鬱的火焰玫瑰

廖之韻是相當早慧的詩人，在北一女讀書時，就得到文學獎詩組的首獎，領銜出現在北一女作品選《四季》之上。在臺大修讀公共衛生與心理學系雙學士之際，她沒有停下創作，她是繆思鍾愛的小女兒。

我主編《創世紀》期間，正是廖之韻沉迷三島由紀夫的青春歲月，她開始崇尚極致的美，觸探愛情與慾望，寄來的詩行中閃現著玫瑰，但總是飄飛藍色的憂鬱。記得她的〈雜色玫瑰〉中，一開始就「嚼碎　白玫瑰的貞節溶化在口腔 / 流了兩行紅玫瑰血漬」，愛與慾望交會在回憶中，各色的玫瑰象徵著不同的情感，黃玫瑰和浴缸盛滿的憂鬱陽光輝映，紅玫瑰是唇上的吻痕，香檳色玫瑰透露出酒精誘惑下的纏綿。終究不可避免，愛情逝去，詩人寫下：

電腦合成許多的藍色玫瑰
藍色的迷宮繞著終極的欲望
沒有人性或是近乎的色情
物種原始的進化理論溫柔
也不怎麼樣

藍色成爲愛情的見證，霸佔了現實生活。詩人幽幽地說，在伊甸園中，人們種下的不是色彩紛繁的花朵，而是單一色調的粉綠玫瑰。

須文蔚｜詩人、東華大學華文文學系教授

冰冷與憂鬱出現在同一時期的另一首詩〈藍色的那一塊〉，女子乾枯如一塊藍色的拼布，拼布上的藍色玫瑰已經枯萎，雖然女子期待天方夜譚般的飛毯和油燈能帶來驚奇，但她其實無法走出困境，廖之韻用了心理分析式的剖析：

她有著一塊藍色的不給人看
藏在屋子裡的松木味
她說不是
是一種變調的童年執著
好小的時候的人魚公主的
泡沫不會唱歌
還有疼痛的腳很小很小
可以捏在掌心
舞蹈

顯然早熟的詩人知道無論經過多少輪迴，女子陷入了生計與生活的循環中，就無從獲取色彩與夢想，僅能以藍色「包裹一則墓誌銘」。

所幸廖之韻青年時的詩中化身人魚公主，登岸後，寫作拯救了她。女巫一度奪去的美妙歌聲復原了，那由尾巴變成的雙腳，雖然一度受到傳統或升學主義限制，一度舞動時會痛如刀割，竟然因爲學習肚皮舞，舞動出自

信，也開展出新詩集《好好舞》，擺脫憂鬱自憐，召喚一同習舞的「部落女孩」，一同摘下火苗，如創世紀般的創生神話，在光影中綻放火焰之姿。

《好好舞》不停辯證著女性身體自主，呼號同伴無須在意世俗冷眼，搖擺自己的胸、腰與臀：「世界從此練習/共振/相愛的頻率」。宣言式的詩句，散見在整本詩集。其中最為激烈的諷刺，莫過於〈不跳舞的男人們〉，顯然是針對無法欣賞舞者之美，總困頓於「道德」或「傳統」的男性觀衆，詩人唱道：

當心跳聲響徹天空
翻身之後不過幾個呼吸
眉頭皺了，眼垂下
總是不解為何有人
為何有女子如此張狂
用身體挑起一場又一場的戰爭
在滾動的肚腹之間
面對慾望，長出靈魂的翅膀
飛
越過經年後稀疏的髮
手中緊握掉落的權力
流散的
宛若說不完又說不完的喃喃自語

讓迴旋又迴旋的裙襬沾了灰

面對一大群男性，無法理解女舞者的自在與自由，沉睡在「沙文主義」的舊夢裡，廖之韻發出了不屑的訕笑。廖之韻的笑聲使人想起女性主義者 Mies 的觀點，她很早就呼籲女性：「把自己當成主體，由內去感受自己的身體，這代表一個女人試著滿足自己的愉悅慾求，知道自己的需要是什麼。她以內心感受去定義自己，感覺自己是個完整的人。把自己當成客體，以外人的眼光觀看自己，這代表一個女人認為身體的存在是為了愉悅他人，她或許關心別的女人如何看她，但她的主要關切還是男人。這樣的女人可能認為身體只是各部位的組合。目的是為了展示於眾。」這與廖之韻透過舞蹈所證成的觀點實無二致，女性一旦要靠男性的凝視，獲得自性，那麼就失去了身體的自主權。如果女性可以依照自己的節奏舞踏，不是等待男性的目光，而是：「假裝有一個舞臺／假裝有一首歌／假裝有一些耀眼的／假裝有一名女子假裝著／等待／出場時」（〈假裝有一個你〉）只爲了共舞者的美好與熱情，等待彼此的回眸。我們可以窺見，因爲舞蹈而勇敢的詩人，透過文字宣稱了奪回自己的身體控制權。

愛詩的讀者千萬不要嚇壞了，《好好舞》保有濃厚的抒情與溫柔。在激烈的舞蹈之後，〈汗濕的舞衣〉浸潤的不僅僅是淋漓的香汗與激情，還承載了「大海與月／潮汐與泡沫／不間斷的雲雨／女子捧起天空狂喜的淚／卸下身體的重／關門，輕輕的／摺疊好所有誘惑／袋子裡的夢／重複著／僅有著／晾曬一輩子的美麗慾望」。廖之韻展現出嫻熟的語言，把一件平凡的舞衣，不斷轉換譬喻，出入宇宙、慾望與夢想之間，美麗而炫目。而讓人讚嘆的，多是由中東舞蹈手勢與舞姿衍生而來的詩句，例如〈蛇手〉中：

我們不斷延伸
吐信
指尖的方向是你的渴求
女子收回手，空氣中已是戀戀的毒

「戀戀的毒」絕對會讓人低迴再三，特別是曾沉浸在愛、痴與狂等迷亂的讀者，一定心頭一震。

又如〈蛇腰駱駝〉一詩，先以女子胸、上腹、中腹與下腹的凸與凹展現沙漠如海浪的波濤，又如古老傳說天方夜譚中，女子連綿不絕的夢與故事，當回到舞臺上，舞者如詩人：

我
又
升起另一個波浪
駱駝送來女子的詩句

我身，蛇身

彼此纏綿與愛

把水蛇腰的扭動可以拼貼一千零一夜的傳說，把漢語帶往阿拉伯世界的駝鈴、沙漠與誘惑中，廖之韻從舞蹈中汲取的不僅是身體的自覺，更在詩中借火燃起阿拉丁神燈了！

《好好舞》主題集中在舞蹈的準備、練習、演出到謝幕，相當不易，也展現出詩人的專注力。或許太著力書寫舞蹈，有些作品失之淺白，或是有些意象反覆出現，但理解這本詩集既面向愛詩的讀者，也面向舞蹈的同好，就能更寬心批閱。特別是從這本詩集中，看見廖之韻擺脫了年少的憂鬱與藍色，在不絕的鼓聲中，迸發出無數激情又溫柔的文字，如〈鼓舞〉一詩中所說：

咚，方向在下

或是往內綳緊了

力量

世界揉成一朵玫瑰，即將

綻放

曾經在年少時一度快要枯萎的玫瑰，竟然回魂在女體中，透過鼓樂與舞蹈竟然能將世界揉成玫瑰。

相信那是一朵火焰玫瑰，在鼓聲中不息地綻放。

我懂了她，以爲是她

女人是家流動的精靈，即使眉淡了，臉不嫣紅了，女人依然是孩子丈夫婆婆之外最美麗的風景。尤其女人，會跳舞的女人。

打開蝶翼，大圓裙襬一轉，就是綺麗世界。無論賢愚貴賤，跳著舞的女人有著同質量的驕傲。

胸部是用來餵養大地的，女人以蛇身彼此相愛，以波浪的詩句挑逗任何一雙觀舞的鷹眸。

日子不再僵硬，一觸碰就掉了許多花香。

衣裳褪不去，秘密之後還有秘密。

有一些小小的惡作劇，在妳的眉色她的眉色間交換。

等著時間綻放等著時間假裝有一個他正在向妳窺探。

然後，所有的嬌柔起飛，所有的魅惑向他。

喜菡｜有荷文學雜誌發行人、喜菡文學網的母親

她說：「薔薇開在私密處／微熱的／痛」〈誰能借我一片衛生棉〉

她說：「返回／我們的日常，如此／節慶」〈回家〉

她說：「人們愛著，整齊的／複數的女子成爲一支舞」〈群舞〉

她還說：「撐起了雙頰／宛如醉後／漸漸的／慵懶／與／日常」〈卸妝〉

這就是跳舞的詩人廖之韻。

而我，走入她的詩中，她的舞中，以她扭動的詩句，意象堆疊的足尖輕觸額頭。

我懂了她，以爲是她。

她回眸了，她，就是一部歷史。

女子「好」舞

女子有寫，女子有舞。

忘了幾時認識之小韻，最初是詩，後來是舞。詩寫得靈動奇巧，舞跳得技驚四座。我喜歡之小韻的詩，從《以美人之名》到這本《好好舞》，可以看見她的作品不斷地挑戰自我極限，卻又能保有那種雙子座的靈動奇巧。我喜歡之小韻的舞，有次玩票性質跟著她跳過一回，佩服她練舞的認眞專注。我喜歡之小韻的人，初見她的美麗便心生歡喜，多次接觸後更欣賞她直爽的個性，不譁衆取寵，不迎合諂媚，不因自身才華美貌驕矜。

我不懂舞蹈，但讀她的詩，卻開始懂了那麼一些。開始懂得她爲何鍾情舞蹈，並感謝她將舞蹈寫得如此動人且貼近生活。捧讀《好好舞》，好爲女子兩字結合，書寫女子。好，可以是美好良好的「好」，可以是興趣嗜好的「好」，更可以是帶著期許意味，好好地「好」，女子好舞。欣見此本詩集的誕生，透過詩與舞的對話，更了解女身的美好。看看〈我〉身爲舞姬的獨白：

只是走向另一名女子

在女子之間

舞著

書寫著

觀看著你

用某種我們展現生命的方式

溝通，遺忘

馮瑀珊｜新生代詩人、作家

留下眷戀的

女子，我只是

此詩可見她以旁觀的角度，彷彿抽離自身，去看著另一名女子，動態的舞轉化為靜態的詩，卻能讓讀者聽見她對於舞的初步看法：以舞忘憂，以舞釋放自己，以舞圓滿自己的過程。面對凝視的眼光，〈試衣間〉這樣描寫：

給人看的不給人看

魚鱗般的衣料摩擦身體

影子交錯著光

我們浮游於女子的良好預言

未來

傾毀的城牆嬌豔無限

彎身、下腰、款擺，女子本身就是座豐饒的城，傾身便是傾城。在試衣間換裝梳化，便是儀式，讓自己更嬌豔且傾城的儀式。登臺後，他人的凝視目光像祝禱，宣告更美好的自己誕生，每次的舞蹈都是轉化自我，重整自我的時刻，這座城柔軟而嬌豔，不為他人，只為自己傾城，自信而美麗。而對於〈不跳舞的男人們〉，她如是形容：

錯過許多美好而不自知的狀況

大概就是這樣

就是這樣壓癟了一輩子的

夢

執意的

不願醒來

從今而後，女子只爲自己寫，只爲自己舞，只爲成就自己。女身長成，從初萌到絢麗，就算身體老去，但自信美麗永存夢中。在《好好舞》中，女子得以好好地靜下來跟自己相處，然後旋轉出新的春天。最後，用絕無僅有〈結束的姿態〉預約下一次演出：

凝望遠方的鏡頭

我眨了眨眼

預約下一支舞的開場

〈謝幕〉後，女子靜靜〈卸妝〉，換下〈汗濕的舞衣〉，妝臺上〈隨手丟棄的假睫毛〉都默默紀念著〈我們的完成〉，並且〈收拾〉喜悅的心情，回味〈女子好舞〉的狀態：

練習一種放鬆的方式

像天使借一雙翅膀

飛翔在生活的空白裡

輕輕的

擺動身軀，跳一步

如貓般從夢中走來

練習一種用力的方式

勇敢與真實

痠痠的

疼

拉扯邊界，世界延伸了

練習一種律動的方式

一個故事說過一個故事

四季轉了轉，意外的

重複，花開花落

枯萎的，冒出了青澀

練習一種身體的方式

腳掌貼著大地，溫熱的

回到最初的姿態

我們的

我

練習一種女子的方式

讀之小韻的詩，會發現另一個沉潛許久的自己在鏡中微笑。這不但是之小韻詩和舞的對話，也是她和自身的對話，更使讀者從靜止乏味的生活中跳動歡愉起來，和自己對話。讀詩，觀舞，思索自身和世界的關係，發掘無限的美好。練習身爲女子，那獨一無二的飛翔方式——如此柔軟且嬌豔。

推薦廖之韻《好好舞》

給之韻：

詩歌一直在進化。寫詩的人來到當代也都回不去了。願意凝視傾聽詩歌演化史的人，可能再也再也無法那樣天眞單純了。妳應該知道的，不是嗎？而我總要想起 Graham Greene 亦曾透過小說人物大聲疾呼、那般震耳欲聾的文學天啓：「……天眞的人就是天眞，你無力苛責天眞，天眞永遠無罪，你只能設法控制它，或者去掉它。天眞是一種瘋癡病。」

我必須承認，是的，我已經到了無法不多疑、處處困惑時時焦慮的年紀，對於詩歌早已不能單純的相信。可是，我明白，原地移動的詩歌依然常在，至今也仍被大多數人需要（雖然實在太多了，多得教我匪夷所思，也憂鬱得難以自己）。

因此，我只能誠摯地與妳分享兩段文字，一個是村上春樹《舞・舞・舞》：「『跳舞啊。』羊男說。『只要音樂還響的時候，總之就繼續跳舞啊。……不可以想爲什麼要跳什麼舞。不可以去想什麼意義。什麼意義本來就沒有的。一開始去想這種事情腳步就會停下來。一旦腳步停下來之後，我就什麼都幫不上忙了。你的連繫會消失掉。永遠消失掉噢。……』……『不過只能夠跳

沈眠｜詩人

舞。』羊男繼續說。『而且要跳得格外好。好得讓人家佩服。……所以跳舞吧。只要音樂還繼續響著。』……『跳舞啊。』他說。『除此之外沒有辦法。很多事情但願能更清楚地說明。但沒辦法。我們能告訴你的只有這樣。跳舞。什麼都不用想，盡可能把舞跳好。你不能不這樣做。』」

另一則是 Dennis Lehane《夜行人生》：「……『不曉得——搞得很複雜，搞得你無法掌握。我們不是上帝的子民，也不是童話書裡面那種見證眞愛的男女。我們在夜間生活，跳舞跳得太急，腳下都長不出草來。這是我們的信條。』」

跳舞啊，之韻，用妳的步伐，用妳的方法，用妳只能繼續相信下去的姿勢，跳舞吧！我們有各自的堅持與信仰，走在不同的路上，這樣的差異反倒非常值得珍惜——畢竟，人是因爲歧異方能獲取更多對他人的理解以及其後的奇異經驗。

所以，妳就繼續跳舞吧！

這是妳的人生，妳的詩歌，請好好地守護妳的信條，跳好妳所能跳的舞。

千年香

那些陌生的音色像來自異國的風砂，在舞臺中旋轉著，Oud 有著黃昏的味道，Qanun 則是帶點丁香味的夜晚，Tabla 顯然是脆脆的清晨，Daff 是後勁強烈的正午，Rek 散落成薄荷葉。妳像發光的銀湯匙走到舞臺中間，從來也不是第一次，妳說，妳喜歡跳舞的自己。

在更久以前，一個接近紅豆湯甜度的夜晚。是場大學現代詩社團的例行活動，我提早坐在久違的教室桌椅，身旁的人壓低音量談論著妳，以驚人的篇幅說妳的美麗。之前也曾在妳待過的高中，跟妳的學姊或學妹們，以每週一次的頻率聊著詩。也許曾經數次帶著自己的詩稿，錯肩，繼續走向下一首詩，在那個我始終忘記名字的花圃。也許。

妳走進教室，穿著一襲濃厚的黑色，彷如略帶淘氣的調味，短裙搭著馬靴。那堂社課妳沒講太多自己的詩，說著我們熟悉的詩人跟詩。結束後，左右的人似乎想提些問題挽留，但終究還是沒人打破蛋殼般脆弱的寧靜，也許有點怯生生的，妳像晃著水晶湯匙的精靈，走著輕快的拍子，黑色的長髮和馬靴用近乎熟練的角度，迅速溶入了教室外的夜色。似乎該打個招呼的，我想。但說不定只是個瑟縮在烤箱旁的錫箔紙，揉成一團的尷尬招

林群盛｜詩人

呼，還是用熟度恰當的文字問好，那就夠了。

幾年後，在書店讀著妳的第一本詩集，打著六分熟的招呼。接到妳轉換跑道的電子郵件。又過了幾年，聽說妳開始學舞，也開始表演。我在友人的小餐館中，想像妳在那表演的風景，寫著詩句的玻璃窗外，大樓倒懸成流蘇，車子在馬路上編織成水鑽，月光灑落成鈴鐺，妳時而奮力，讓臀線敲出觀眾的驚呼，時而柔順，讓畫著圓形的手腕纏上眾人的視線。從怯生生的文字起身，這次妳是自然的。每一次的演出，每一次的書寫，從來也不是第一次。然而在那之中確實有莓果系的酸甜香味，「那是初戀。」好像聽的到妳這麼說。

捻起番茄色的絲巾，披上了肉桂色的薄紗，音樂如濃厚的香料傾下，從近千年以前開始，女生繼續跳著舞，女生繼續寫著詩，女生也繼續過著另一個性別難以了解的生活。也許在尼羅河畔，也許在鄰近沙漠的小鎮，也許是我們錯肩而過無數次的城市中。妳的書桌，她的舞臺，也許還有另一個她的小酒館。

而女生的舞，女生的詩，也要繼續轉圈，轉到下一個千年，而這次，是灑著以妳為名的香料。好好的，好好的。

群聚

壹

主婦的日常

群聚｜01

好好舞

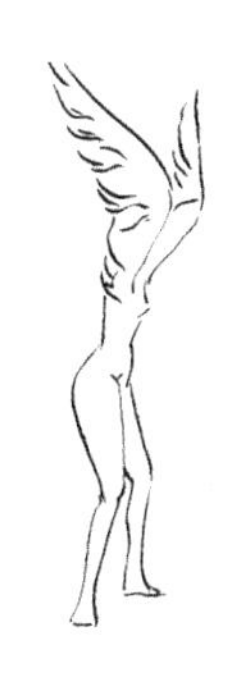

一日

從幻想的拉鋸開始

亮晶晶的門窗

捨不得拂去彩虹色的蜘蛛絲

懸於心上的

開出一朵隨風的鈴鐺花

對鏡整裝，瑣事染了眉

胭脂在掌心化成青春年少

臉頰一抹嫣紅，淡淡的

掃過屋舍角落

四周是孩子是丈夫是婆婆是親娘是鄰居

是來去的是固定的是流動的

渴望

摺疊好的衣裳漂白了陽光

單純的，極度複雜

生活的計算方式

用一千零一夜的節拍，滴答

轉身後是滿室的香

開門，關門

在浮生的間隔中

相思著

一支舞

未完

妹妹

群聚｜02

好好舞

妹妹、妹妹，我們如此稱呼年少的妳

儘管舞臺已老　掌聲依舊

唯一的

妳

在此留下一個迴旋

輕盈如柳絮繞過春天

又懶懶地弓起身

逃逸

在幕後甜過頭的唇蜜堆裡

也許，誰融化了

跟著不經意撒落的金粉而行

眾人追逐妳的蹤跡

風起，一地紛擾飛去了又

落

我們的年華回眸在妳的影

我們一起轉過身

瞬間已是一支舞的完成

妹妹、妹妹，輪到妳出場了

新裁的舞衣用夢渲染得閃閃發亮

初登臺的緊張漸漸開成一朵蓮花

飛天仙女俯身親吻妳的雙頰妳的額

暈紅的

我們低聲討論醉酒般的青春

從妳背後輕輕地

推

妹妹、妹妹，我們始終如此連聲喚妳

偏執的

相思著

曾經的我們

也許，就這麼想起了

歲月只是幕升後

落

又落

捨不得最初的笑

女王

群聚｜03

好好舞

妳的國在妳的腳下

繽紛

妳的裙揚起妳的領土

在時空中

迴盪

願光亮集於妳

囚禁了我的眼

在日常生活的縫隙

別上妳的名

混雜髮絲繞過的窗

有葉吹起

微微的

熱

有花綻放，如世界

妳的舞臺

自在

一道影

剪下了我的目光

我們追隨，我們奉獻

我們輕輕的

嘆

妳只是笑著接過王冠

繫於腰際，撞響了春天

部落女孩

群聚｜04

好好舞

換個方式來

愛

女孩們抬頭挺胸

拉長了

腰

線

大圓裙襬飛成重重疊疊的

夢，在夜色之上

打翻一個又一個的糖果罐

繽紛的

金屬聲響追隨我們的碰撞

最驕傲的也最謙卑

挽起長髮托起一朵花的思念

垂落肩上的是女孩刻印的名

在春雨中深深的

深深的

有

了

根

赤腳

親吻大地與天

互相感謝此時此刻的

停留與轉

身

用一種美麗的弧度展示

起始與終點，扭曲著

真實的視線

描黑了眼線

點上了圖騰

呼號聲喚起風暴

嘴角上揚，下巴指向未來

狼群畏懼一旁

部落女孩摘下火苗

有了光，有了影

共舞，這世界

不孤單

我

群聚｜05

好好舞

只是走向另一名女子

在女子之間

舞著

書寫著

觀看著你

用某種我們展現生命的方式

溝通，遺忘

留下眷戀的

女子，我只是

練習

貳

練習時間之一

練習｜01

好好舞

行事曆上故意的空白

塗鴉

節慶式的花樣

從此有了計算時間的

另一種方式

過日子

星期日休息，不算

星期一實在沒那個心情

星期二好像可以，但是

星期三有別的課

星期四沒有空的場地

星期五偶爾需要逛街

星期六的晚上適合微醺

緩步，讓時間跟在身後

又約了一個我們的

約

倒過來

有些空閒的星期六下午

不急著入眠的星期五的夜

預留小教室空間的星期四

人數不用到齊也沒關係的星期三

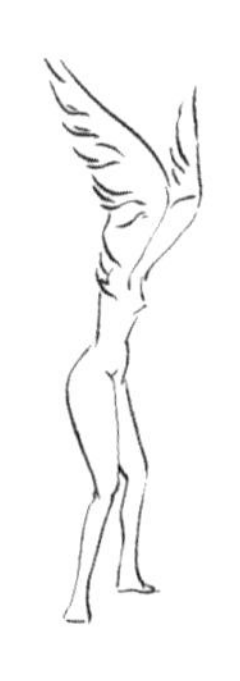

但是以後沒有但是的星期二

換個心情除去星期一憂鬱

星期日躲進了旋轉的裙

踮起腳尖的日常

擠出時間壓花

夾進一頁又一頁的生活

女子付出了年華

分享彼此，零碎的

芬芳

臀的抖、甩、搖

練習｜02

生存的不同方法

無所謂對錯猥褻或優雅

依循本能而生

控制地

釋放

流蘇搖晃著女子的祕密

鼓動的

第一堂課

世界從此練習

共振

相愛的頻率

胸部練習

練習｜03

身體的

自然而然的

之後慢慢長大或加工的

某種生物學上分類的

嬰孩戀戀的

束緊了又渴望放鬆的

在意大小的

誘惑指標的

敏感的

眾人目光的

限制級袒露的

局部流行的

宛如細雨在午後

小小的花兒飛舞天空

女子甩動胸前流蘇

順時針或逆時針

世界圈在懷中

用某種狂放的姿態

跟著移動目光

交會處傳來風鈴草的歌

跟著節拍抖落瑣碎的日常

用某種美麗的勾引

交換一整個春天

溫暖的

獨一無二的

驕傲的

豢養生命的

女子俯身親吻大地

愛著的，被愛的

蛇腰駱駝

練習｜04

迷失於時光堆積的沙

日光曬紅了旅人的足跡

吟遊詩人來自八方

想不起詩的斷句，纏繞著

一串串樂音

傾毀的神廟留下女子的影

奉獻，以及無可奉獻

駝鈴載起淡淡憂傷

向遠方，也許一片汪洋

我升起一個波浪

胸，凸

上腹，凸

中腹，凸

下腹，凸

凹，胸

凹，上腹

凹，中腹

凹，下腹

在古老的歌聲中反覆翻騰

我夢著女子行走沙漠

連綿的

失去了邊界

消失的名字或是從未如此命名

他們說宛如駱駝行進的樣貌

宛如一千零一夜說不完的故事

宛如一名女子

漫步於遺忘的歷史中

誘惑與矜持

故事又換了人說

消失的名字或是從未如此命名

或是無需如此呼喚

他們說宛如蛇身蜿蜒妖嬈

宛如一名女子捨棄的良善

一片、一片、一片

剝落

宛如不該存在的

夢，當世界爲此瘋狂

我

又

升起另一個波浪

駱駝送來女子的詩句

我身，蛇身

彼此纏綿與愛

注｜

肚皮舞中有個動作

運用身體胸部腹部做出波浪的樣子，

在西方和中東視爲駱駝走路，

在東方則向來以水蛇腰稱之

傷

練習｜05

不清楚哪一個日子是陰雨的

或是貼著窗邊的手觸到了溫暖

何時逞強或是

與意志力拉扯的後遺症

不記得不甘願也許曾經

不可見的

疼

女子用一個柔軟

轉身，埋藏僵硬的

不讓人觸摸的

眼角微微融化的妝

不暈染不掉色在承諾之後

原是一小朵

擲地

花

開

不能說不好說不用擔心

身體的悄悄話，偶爾

大聲了點，跟著雷雨的裂痕

長出青黑色的雲

尋找蘑菇的童話，幾顆圓點

暈染

一枚別緻的勳章

「誒，你看！」

後臺

好好舞

試衣間

後臺｜01

好好舞

把門關起來

醞釀雨過後的驚奇

裡面的，與外面

平行存在，關於美麗的

想像

期待更好的不一樣

界線的兩旁，我們私語

單手伸不到的背後

髮絲與蝴蝶纏繞不休

打一個結，綁緊了

撐住整個場面

擁抱緊緊的春光

給人看的不給人看

魚鱗般的衣料摩擦身體

影子交錯著光

我們浮游於女子的良好預言

未來

傾毀的城牆嬌豔無限

褪去所有衣裳

打扮成另一種模樣

藏起祕密花園的小祕密

打開門，誕生一個新世界

舞臺妝

後臺｜02

用葡萄釀了一輩子的微醺修飾雙頰

唇間是薔薇的魂

虛張聲勢的眼睫毛，眨

又眨，兩把羽扇揭起夏日的熱

凝視，細縫般的視野，人們望

又望，夜色框起的眼神訴說女子的私藏

不

暈

染

耐得住時間，遲遲

修飾、遮瑕、點亮

再添一些色彩與想像

換一張臉，也許

短暫的

絢麗

曾經的

小女孩的想望，我們如此認真

鏡中有誰扮起了誘惑

換個身分互相稱呼

小小的惡作劇

只得遠遠的

遠遠的

美麗，只得遠遠的

見

搖曳滿身晶亮

短暫的，你的虛幻

舞臺上眞實的謊

誰能借我一片衛生棉

後臺｜03

好好舞

規律的

例外

時間跟不上月的陰晴

計算之外的

不算意外

每一回、每一回

潮浪翻了幾翻，小腹

悶悶的

墜

自千古的祭壇走下

名爲母親的

我們赤足汲取大地之血

豢養一個祕密

女子連接著另一名女子

身體深處的渴望與奉獻

唯一的

舞

群聚之後總有些相像的我們

週期性亢奮

漸漸的

合一

濕潤的

天鵝絨簾幕擴散漣漪

薔薇開在私密處

微熱的

痛

古老的記憶喚醒了現在

一部分聖潔，習慣性

剝落

總在上臺前一刻

女子染紅了，悄聲問

又傳開了，我們紛紛出借自己的夢

準備中

後臺｜04

三月，花將飛

五月，雨將落

十月，風將撫摸大地

冬後，春將期待

時間，將至

歲月，將轉個彎

舞步，將起

身體，將拋向天空

延伸的我們，將來

等待時間

我們的耐心無限又無限

狹小的空間擠著身體

亮粉飛過女子

掉進另一隻忘了眨的眼

濕潤的

我們在彼此的手機裡

變換

姿勢

有人睡著了

時間快快慢慢往後走

我們待著像顆顆花蕾

排好隊的領取綻放通知

不急著過完整個春天

彩排

津

好好舞

定位點

彩排｜01

記得這個位置

當光過於刺眼

腳底只剩下自身的影

旋轉的

中心

人們聚集了視線

熾熱的舞臺燈

撐起

天空

四處奔逃的點點亮片

　　這是中央，不要偏臺

　　這是四分之一，對齊前面走道

　　這是最暗處，小心臉上無光

　　不要超過第一道幕

最終，又來到最初

匆匆拾起一個回憶

等待

下一次

失序的宇宙在裙角有了標記

假裝有一個你

彩排｜02

好好舞

假裝有一個你

視線平視的正前方

不怎麼遠也不怎麼貼近呼吸

最佳的觀賞位置

爲你保留一切

開天闢地以來的愛

從日升到月落到風起了

下過一場雨

人們忙於布置相遇的場景

音樂盒的蓋子掀開一半

跳舞娃娃旋轉著旋轉著

轉進了更多的更多的人們

假裝，也有一個你

是否正式的

來

張開雙手擁抱你的影

假裝有一個眞實

眼前是燈光明亮的觀衆席

椅背上貼滿標籤，註記

預約好了的

將來

未來

來

不來

身上的亮片，掉落

一片踩在腳心

一片掃到了角落

一片黏回裙襬

一片飛向貴賓席

一片又一片顫抖的

晶瑩

假裝有一個舞臺

假裝有一首歌

假裝有一些耀眼的

假裝有一名女子假裝著

等待

出場時

遲到

彩排｜03

等等我

不好意思來遲了

百年前的今天

這一刻

我們的舞臺空著我們的身

匆匆，赴約

在音樂結束前

掉落的流星

趕上了

起伏的胸口

喘著氣的歉意

我們正式再來一次

百年後的昨夜

記得提醒我

明日，早點兒出門

來得及一名女子的回眸

這不是我的音樂

彩排｜04

好好舞

定點

下

音樂

支使身體串連幾個小節

溫柔與熱烈

不動的

影，這不是預定的我

這不是我的音樂

下一首，也許

下下一首，也許

錯過了

哼著歌

音控室裡不小心

失誤

不急著出場

先讓前奏做一會兒主角

慾望需要時間醞釀

等等等等等等等等

等等等等等等等等

兩個八拍，凝神張望

迷路的

誰的音樂跟在身後

擁抱著

我

交換幾個音符

空氣中摩擦著貓爪的痕跡

跟隨吹笛人而來

漸漸消失的身體

這不是我的音樂，這是

舞臺的詭計

再等一下

下

當音樂響起

背後推了一把

我的腳下生出另一個天空

走位

彩排｜05

在一個長方形裡移動

從左手邊進場直到右手邊說再見

或是出走的與回來的也無須分別

記得中央位置留住花樣年華

偶爾看看邊邊角角的風景

小心避開燈光照不到的黑

第一位置在這裡

第二位置在這裡

第三位置在這裡

第四位置在這裡

最後的位置在這裡

記得每一個不同的

在這裡

想像我們的未來

幾小時幾分鐘後即將開始

幾個八拍之後，結束

現在我們只是走著

走著，不跳舞

有限的時間

相似的場景

我們模擬著

你眼前的幸福快樂

幕起

五

好好舞

入場須知

幕起｜01

禁止事項

拍照攝影飲食吸菸講電話

以及所有易招致怨恨的你

至少關掉相機閃燈

避免我們過度曝光

一開始就知道的規矩

等待不了一支舞的完成

工作人員與你追逐

當燈光漸暗

舞臺正亮

我們的世界轉了幾圈

請配合入座或是離去

入場時間

我們提早了一個春天

眉稍用露珠洗過憂傷

化爲汗水從雙頰滑落鎖骨與胸膛

帶著我們的氣味滋潤每一吋土壤

鋪下繁花盛開的路

赤足的女子打開大門

僅有半小時的開啓時間

不早不晚地允許

你

進去或是出來

附帶的注意項目

不得比我們露出更多的肌膚

不得私自收藏我們的影

小心別讓靈魂找不著回家的路

歡迎光臨！

上臺前一分鐘從舞臺布幕後面往外看

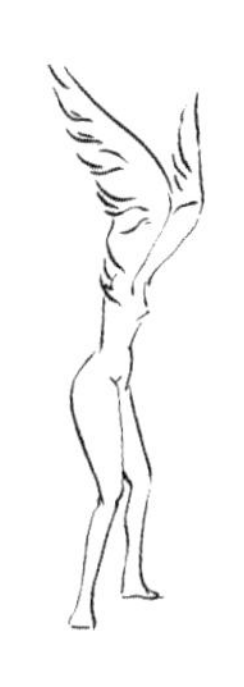

觀眾的視線那樣專注地

避開我的視線

前一支舞的氣息正發酵著宛如夏末

腐爛而清新的雨夜

高潮，之後

又是另一個婉轉

我跟著旋入不安穩的世界中心

尋覓一朵花開的

光

心跳打著節奏

反覆聆聽的旋律紋上了身

在不可窺得的那一處

遺忘所有經過的夢

如此描繪可能的美好與愛

如此的美好與愛在你的眼神中遇見

渴望

那是我們顫抖的

初相識

也許，第一次

也許，無數輪迴

當瞬間的承諾轉入永恆

如此篤定就是這個舞臺

在最後一分鐘的張望裡

預言未來三分半鐘的激情

我準備好了

你

等待著

我

不跳舞的男人們

幕起｜03

錯過許多美好而不自知的狀況

大概就是這樣

就是這樣壓癟了一輩子的

夢

執意的

不願醒來

當心跳聲響徹天空

翻身之後不過幾個呼吸

眉頭皺了，眼垂下

總是不解爲何有人

爲何有女子如此張狂

用身體挑起一場又一場的戰爭

在滾動的肚腹之間

面對慾望，長出靈魂的翅膀

飛

越過經年後稀疏的髮

手中緊握掉落的權力

流散的

宛若說不完又說不完的喃喃自語

讓迴旋又迴旋的裙襬沾了灰

女子，笑了

想

干 卿 底 事

呢

？

席間

幕起｜04

好好舞

場內燈暗，秩序運行

第一排座位是特別的也許可稱爲貴賓也許就這麼空了

第二排座位有一些第一排溢出的謙虛與距離

第三排座位據說是最好的觀賞位置不怕女子揮舞的紗

很多中間的座位相互箝制著慾望與瞌睡

最後一排座位保留給流動的便於離去的姍姍而來

場內燈亮，四散的你，走失了

演出前一分鐘在觀眾席

幕起｜05

幾道幕

後面

女子藏起了舞

幾次燈光明滅

天空漸漸轉變顏色

有人說話，有人想起昨夜的夢

一張節目單跌落座位間隙

伸手

撈取幾個舞碼

浪漫的名字，永遠記不住的異國

幾步遠而已

整個舞臺

空空的，等待

浮浮的，人心飄了起來

尋找世界的最初

前臺

好好舞

舞孃

前臺｜01

愛我，愛我，愛我！

世界是我的舞臺

四季隨著旋轉

跟上我的舞步

愛我，愛我，愛我！

你小心，別走入迷宮

愛我，愛我，愛我！

用靈魂燃燒夜晚

風吹亂了沙

揚起我的裙襬

腳踝烙印一朵紅蓮

踏出新的節奏

愛我，愛我，愛我！

你小心，不要害羞

愛我，愛我，愛我！

月色染滿我身

眼波釀成了酒

微醺的臉頰如蛇蜿蜒

愛我，愛我，愛我！

你小心，記得這場邂逅

愛我，愛我，愛我！

我是頂著星光的舞孃

我是腰繫鈴鐺的舞孃

我是不經意的誘惑

我是你，一生一次的約定

愛我，愛我，愛我！

鼓舞

前臺｜02

我

我們

我們在

明快的節奏中擁抱彼此

我們是

我們

跟著鼓聲奔向未知的月

風，撩起大漠

兩行無人知曉的足印

荒城，火

燒了夜

我們跟著鼓聲墜落

飛翔

從你的視線到另一人的夢

心跳聲自鼓手的掌心流洩

咚，方向在下

或是往內繃緊了

力量

世界揉成一朵玫瑰，即將

綻放

我們是跳舞娃娃走出了音樂盒

跟著生命的節拍

搖擺身體，搖擺靈魂

搖擺著歲月經過的方式

直到流星叮叮噹噹敲響空瓶

最後一個轉圈，我們在

我

在

今夜女身燦爛

前臺｜03

我們裝飾著流蘇與水鑽

搶了星光閃耀

長髮在天空寫過無限遐思

古老的傳說披掛腰際

掌心飛出一雙彩蝶

尋覓腳踏後一步一朵花開

婀娜！——人們如此形容這樣的夜

這樣的身體用這樣的姿態

展現這樣的

青春與老熟

瞬間都成了永恆

把寂寞交給守門者

一張票換得一場

唯一的

舞

誘惑著呀！——人們此外說不出其他

愈來愈少的形容詞動詞名詞或是壓抑不敢張望

從單一方向凝視

暫時遺忘很長很長的時光

我們在微醺的臉頰留下了印

紅紅的

地毯暖暖的

摩擦即將來臨的冬日

腳底板轉出火花

幾滴汗水溶化了妝

亮粉在肌膚流洩成一道道銀河

千萬光年的距離

彷彿眼睫毛上的塵埃

遐思！——人們想著不該釋放

鎖骨的陰影

束縛了千年的美麗與眞實

我們褪去自己的衣裳用另一種驕傲包裹

己身，女身

用相同的節奏與氣味

舞過一個又一個

輪迴

混雜了夜色

如此燦爛！

第一支舞

前臺｜04

不經意的第一個字

說成了我們之間

拉扯後的意義

面具棄置一旁

素白的臉，彩虹的傷

親吻著過完雷雨的夏

沙漠從此有井歌唱

打撈一桶音符

腳踝繫上鈴鐺

一個休止符在太初

遺忘

不小心讓月有了盈缺

女子獻祭無人知曉的名

就這麼記下我們的禱

就這麼用我們的願，交換

合掌的瞬間傾瀉全部的愛

就這麼讓我們開始了

回眸又是一部歷史

女子轉身的影

群舞

前臺｜05

最初與最終

期待與高潮

一副身軀交疊另一副身軀的

影

聚光燈飛散如紛紛的三月

一閃又是一個笑

不只爲了誰

交錯幾個眼神

上了枷鎖的

數著拍

人們愛著，整齊的

複數的女子成爲一支舞

開場與謝幕

擁擠的舞臺

遺落一只假睫毛

幕落

柒

結束的姿態

幕落｜01

小小的心機

在生命中最亮眼處

讓時間靜止

遺落幾顆鑽石的過往

就這麼過去了

現在只有現在

聚光燈下，有蝶

停住了，你

我們擁有全部

延伸出幾個未來

可能，相遇

互相印證此刻的銘記

掌聲淹沒舞臺

睜不開雙眼的光

熱度是盛夏的盛夏

雨，花落

適合相思著一名女子

搖曳淋濕的影，不動

凝望遠方的鏡頭

我眨了眨眼

預約下一支舞的開場

花葉落

幕落｜02

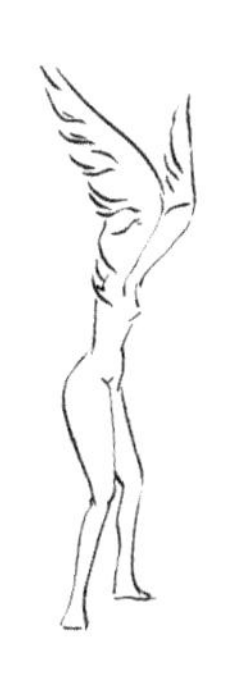

一回頭一眨眼一輕佻的笑

最後起舞的時刻想起青春有蝶圍繞

如今只剩那陣風

暗藏回憶裡的香，也許

也許曾經有人駐足凝望

託付整夜反覆的夢

一回頭一眨眼一隱隱的痛

時間終了時相思那人是否

也許，也許在瞬間捻起一朵微笑

彈指燃燒成懷抱裡的熱

微微的

燙

一回頭一眨眼一迷離的魅

永恆的流動又流動成永恆的

生，也許是另一種死，也許

有那麼一位詩人困在我的迷宮

睡著或是醒著，任憑字句成鏈

當地獄看門犬戴上了項圈

靜靜地走過

一迷離的一隱隱的一輕佻的一回頭一眨眼

我

落

在

你

的

舞臺上，也許有個小小的標記

也許記著那中心點的位置

光

亮

著

謝幕

幕落｜03

這是最後了

最後的最初用一種美好的方式

記得

一場表演，整個世界

一些瑕疵，小小的

讚嘆，直到掌聲擁抱著我們

直到末日，也許

惡魔與女神同樣迷人

最初的璀璨在最後又一次

抹去舞臺上的塵埃

期待

拉開簾幕，再一支舞

幾名女子，全部的

愛

用零碎的日常串起珠鍊

瞬間，滿滿地

光

亮

跟著眼眸流轉

回憶剛剛成形，慾望

散了，你的祕密又多一樁

結束了

最初的最後

放下幕，放下

女子

放下了

練習下一場

回歸

大合照

幕落｜04

留下來，留下來

用汗水暈開的妝佔據舞臺

不急著寫滿句點

時間留在當場

最後的儀式與愛

找個空位，同伴拉著同伴

踮腳半蹲側身跪坐橫躺拉長了身

高高低低的縫隙露出最完美的笑臉

千萬別擋住了

這一刻

看，這裡

攝影師舉起了手

我們的眼神流轉過一個鏡頭

看，這裡

另一位攝影師擠上前

我們捕捉到他的手

快門瞬間成爲回憶

再多一張

記得標示我的姓名

分享

幾個讚嘆幾句美好的話

獨一無二的姿態

曾經呀曾經

熄燈之後

幕落｜05

好好舞

黑暗之中手牽著手

視線成爲一種感覺

我們互換一個笑

從今往後不再害怕

舞臺燈閉上了眼

繽紛的璀璨的不過上一季的回憶

等待下一個輪迴在黑暗中摸索

你，以及其他

我們曾經閃耀的

我們擁有彼此的

我們回歸臺下的

我們閃閃發光

後臺

捌

卸妝

後臺｜01

好好舞

化解一個迷惑人心的方式

剝去時間斑駁後的色彩

用同樣的手法拍打著

散場後的念念不忘

心跳聲依然留存

那樣興奮的笑

撐起了雙頰

宛如醉後

漸漸的

慵懶

與

日常

反方向

倒帶的夢

回到記憶中

明知的不完美

瑣碎的眞實與愛

我們在生活中拾荒

用無限大的簍子承裝

點點滴滴的過往與未來

卸了妝的女子又重新上妝

汗濕的舞衣

後臺｜02

你以爲的暴露是我們

華麗的戰袍

閃耀光芒的女武神啊

此刻，榮耀歸我

這舞臺

一場戰爭的終結，不見煙硝

迷了魂的香

激情

滲出皮膚的汗水

一

點

一

滴

淹沒世界彼端

如此便有了大海與月

潮汐與泡沫

不間斷的雲雨

女子捧起天空狂喜的淚

卸下身體的重

關門，輕輕的

摺疊好所有誘惑

袋子裡的夢

重複著

僅有著

晾曬一輩子的美麗慾望

隨手丟棄的假睫毛

回收利用的機會依心情不定

不經意從靈魂開窗處逃開了

攀附的只是虛幻

前一刻，似乎有那麼回事

遮蔽的視線中淚光閃閃

聚光燈的影跟著眨呀眨

等不及溫柔的撫摸

我撕下你的渴望

黑暗中化爲一隻蝶的前世

黏在化妝鏡的邊邊角角

無人發現，刻意遺忘

地板多了塊汙漬，小小的

宛如蟄伏的蟲等待著另一個季節

不小心消耗了一個春天

我們的完成

後臺｜04

好好舞

掌聲猶在耳旁啪搭啪搭

喘著氣的笑容在臉上成為永恆

汗水晶亮了身體

肌膚透出胭脂色的光

幾個轉身

幾道幕起幕落

退場之後，地板擦出舞過的痕跡

我們的世界有些不一樣

而你，如此相思著

收拾

回到原來的模樣假裝沒發現

搖晃晃的影被收進了置物櫃

猶豫著該不該許下一個願望

這空間曾經裝滿了我們的繽紛

笑著感受心跳愈來愈快

或許在夢中依然喧嘩

撿起掉在地板的珠鍊與耳環

散亂的衣裳隨手塞進小小的行李箱

外面看不見的淡淡傷感

收拾美好的回憶有那麼一大包

整理後在通風處隨時間晾乾

閃亮亮的成爲縫在胸前的鑽

群散

舞後的慶功宴

群散｜01

好好舞

找個藉口品嘗人生

身體滲出靈魂的鹹味

陣陣潮浪襲捲整個港灣

螢光色的雲雨在身後

花開遍地

尋覓一方休憩處

心跳依然，熱熱的

讓愁苦的瑕疵的不愉快的忘在掌聲裡

在激情的眼眸中流出甜甜的

蜜

我們完成了

一場盛宴

應得的

美好

舞孃佔據大街小巷

群散｜02

好好舞

小心！每一次交錯的味道

甜膩的清冷的花香果香木香麝香

東方味的魔幻的西方調的

天然的人工的有機的物質的

脈搏跳動處，訊號發散

我們嗅聞著華麗與浪漫

這街道有光，女子藏於眼底

藏在你的想像

之外

掉落的水鑽滾過大街小巷

步伐快一點

慢慢的

轉圈

你依然認不出我們以及我們

長髮是一種標記，絕非全部適用

指甲油的色彩跟心情有關

天氣決定了某些行進路線

固定的集會偶爾出現空缺

用一種獨特的姿態

擴散

在最不起眼處種下鮮豔玫瑰

在最繁華的慾望中化成一道影

我們就是我們，穿梭一條又一條大街小巷

我們只是我們，不小心佔據了

群散｜03

好好舞

妝，殘破著

身體有一種燙，退不去

能量釋放後，微微的

顫抖

獨自一人或是結伴而行

熟悉的路徑自天際延神

彩虹的雨後

我們腳步輕盈

濕了的髮，又乾了

返回

我們的日常，如此

節慶

舞孃的男人們

群散｜04

好好舞

藏一束花在早早訂票買下的最好觀賞位置

彩排時間躲在一隅捕捉幾個鏡頭下的眞實

幕起了，尖叫與掌聲是最基本的配備

視線跟著裙角轉過整個世界

守候著永遠的初戀與熱

散場後依然等待

徘徊於我們的鎏金歲月，隨手撿起遺落的水鑽亮片

最後的最後，重複的重複

認眞的男人們美麗如繁花盛開于女子

于腳踝腰際胸膛掌心嘴角眼眉指尖

唯一的

欣喜

再見

群散｜05

好好舞

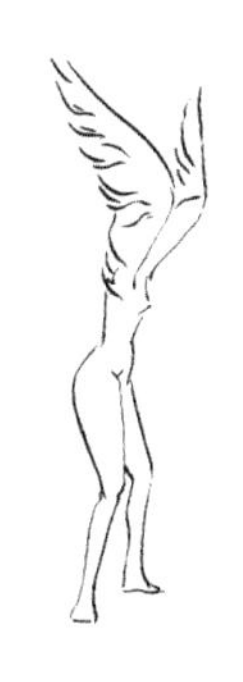

再見呀再見

結束後的傷感融於黑暗中

悄悄埋於心底

我們深深深深深深的

不捨

未了而未了

像是剪不斷的長髮

我們互相編織柔亮的髮辮

珍珠爲裝飾

垂在一邊的胸前

鎏金的歲月引人留念

改變的改變

穿過這扇門這邊界

結束之後等待開始

默默的

約

不一樣的世界

再見呀再見

練習 拾

練習時間之二

從歲月裡偷一些空白

灑落鮮花和蜜

甜度是很久很久以後的笑靨

一顆顆罌粟籽，擠出

時間的縫隙

女子互換一個祕密

麻麻的

釋放自由的

存在

約好了

這一刻，汗水滴下胸膛

濕透的衣裳晾著轉動的影

此身，女子化爲綠洲

潤潤的

搖晃月色在我們的裙

從此有了色彩

舞步疊著舞步，留在

白晝與夜

好日子與壞天氣

特別的與平常的

就是這麼一回事

蛇手

練習｜02

纏繞於身的

訴說

一則又一則禁忌的故事

從肩膀開始堆高的浪花

晶瑩的蛛線懸起手肘

人偶師的心藏於無花果樹

垂掛著幾顆天空掉落的淚

順著藤蔓向前走

薔薇傷了

時間熟成了

純眞，慾望著

我們依序化成了

不可說的

願

我們不斷延伸

吐信

指尖的方向是你的渴求

女子收回手，空氣中已是戀戀的毒

無

解

了

滾肚

練習｜03

慢慢的

快

生命開始的地方

幾個波浪連續著

連續從夏娃的伊甸園連續到

微笑的洞窟

醞釀染了酒氣的約

追尋舞踏的步伐

跟著，一生一世

換個方向依然

規律，深深淺淺

我們的印記

連續著幾個波浪

波浪般的堆疊成波浪般的

力量，在世界的中心

動

　靜

此身，我們學會了遊戲

轉手花

練習｜04

在佛的眼下起舞

在佛的掌心拾起天女的

花

幾千萬次，盛開

在

心

中

我們學習成爲一名女子

反手，翻轉

掐不著生生世世的悲喜

僅有一次輪迴

滴

答

幾個音符留下了

留下了，幾個時間

依偎著

身體的動靜

從手腕開始，指尖迸出悄悄的

你，女子與佛說

好好舞

練習｜05

練習一種換氣的方式

人魚長出雙足

泡沫慢慢浮出水面，不會破裂的永恆

彩虹色的

鱗片藏著貼身的祕密

亮

晶

晶

練習一種放鬆的方式

像天使借一雙翅膀

飛翔在生活的空白裡

輕輕的

擺動身軀，跳一步

如貓般從夢中走來

練習一種用力的方式

勇敢與眞實

痠痠的

疼

拉扯邊界，世界延伸了

練習一種律動的方式

一個故事說過一個故事

四季轉了轉，意外的

重複，花開花落

枯萎的，冒出了青澀

練習一種身體的方式

腳掌貼著大地，溫熱的

回到最初的姿態

我們的

我

練習一種女子的方式

好
好
舞

小文藝｜004

國家圖書館出版品預行編目（CIP）資料
好好舞 / 廖之韻著 . -- 初版 . -- 臺北市 : 奇異果文創 , 2015.06
面；　公分 . --（小文藝 ; 4）
ISBN 978-986-91943-0-3（平裝）
851.486　　104009948

作　　者　廖之韻
美術設計　繁花
總 編 輯　廖之韻
創意總監　劉定綱
行銷企劃　宋琇涵
法律顧問　林傳哲律師 / 昱昌律師事務所
出　　版　奇異果文創事業有限公司
地　　址
台北市大安區羅斯福路三段 193 號 7 樓
電　　話　（02）23684068
傳　　眞　（02）23685303
網　　址
https://www.facebook.com/kiwifruitstudio
電子信箱　yun2305@ms61.hinet.net

總經銷　紅螞蟻圖書有限公司
地　址　台北市內湖區舊宗路二段 121 巷 19 號
電　話　（02）27953656
傳　眞　（02）27954100
網　址　http://www.e-redant.com

印　刷　永光彩色印刷股份有限公司
地　址　新北市中和區建三路 9 號
電　話　（02）22237072

初　版　2015 年 08 月 01 日
ISBN　978-986-91943-0-3
定　價　新台幣 350 元

國|藝|會　國家文化藝術基金會創作補助